AF457661

ÉPITRE

A MON FILS,

SUR LE COMMERCE.

ÉPITRE

A MON FILS,

SUR LE COMMERCE,

DÉDIÉE

A MESSIEURS LES ÉLÈVES DE L'ÉCOLE SPÉCIALE DE COMMERCE,

PAR Mr. G. P. LEGRET,

Directeur honoraire et Créateur de cet Établissement.

> Qui me discit, opes veras noscet verum que laborem.
>
> LEMAIRE.

A PARIS,

Chez JOHANNOT, Libraire, rue du Coq-St.-Honoré.

1822.

IMPRIMERIE DE DONDEY-DUPRÉ,
Rue St.-Louis, n°. 46, au Marais.

DÉDICACE.

A Messieurs les Elèves de l'Ecole Spéciale de Commerce.

MESSIEURS,

Si votre nombre aujourd'hui sert à prouver l'utilité de l'établissement que je vous ai ouvert, il ne suffirait pas pour prouver que vous êtes prémunis contre tous les dangers qui accompagnent la profession à laquelle vous vous destinez.

J'ai remarqué que, vous livrant quelquefois avec trop d'ardeur à des spéculations ambitieuses, dans lesquelles vous savez ne courir aucun risque véritable, vous vous exposez à des maux que vous ne pourriez supporter, s'ils étaient réels ; j'ai voulu vous les signaler, et, en vous présentant le tableau de tous les glorieux avantages du commerce, vous présenter aussi celui des dangers qui l'accompagnent. Pour les graver plus facilement dans votre mémoire, j'ai tâché de les revêtir du charme de la poésie; je ne me flatte pas d'y avoir réussi, mais si quelque jour, mes avis pouvaient vous arrêter sur le bord du précipice, ma tentative n'aura pas été inutile.

Agréez avec bienveillance cet hommage de votre vieil ami, de celui qu'une longue expérience éclaire, et qui s'empresse de vous en offrir les fruits.

J'ai l'honneur d'être, avec les sentimens les plus affectueux,

MESSIEURS,

Votre très-humble serviteur,

Legret.

ÉPITRE

A MON FILS,

SUR LE COMMERCE.

Quatre lustres, mon fils, ont suivi ta naissance;
Te voilà dégagé des liens de l'enfance;
L'incertain avenir, soulevant son bandeau,
Apparaît devant toi comme un soleil nouveau;
Il semble de son char sourire à la nature,
La féconder partout, et, doublant sa parure,
Embellir à la fois et la terre et le ciel.
Pour toi, mon fils, la vie est un vase de miel;
Tu viens de l'effleurer; et ton ame enivrée,
Sur un chemin de fleurs voit les bienfaits d'Astrée!
Que tout est beau! dis-tu; quel ensemble parfait!
Comme cette harmonie et m'étonne et me plaît!
Ah! que l'homme est heureux! et quelle jouissance
Les Dieux ont attachée à sa frêle existence!
Le bonheur est partout!.... tu le crois, pauvre enfant!
Attends, attends encore, il ne faut qu'un instant;
Bientôt désabusé, tu verras ta chimère

S'enfuir devant le vrai, comme une ombre légère.
Plein d'une heureuse erreur, tu ne soupçonnes pas
Les écueils que le sort a placés sous tes pas;
Ton œil n'a point fixé le séjour des tempêtes;
Tu n'as point vu frapper les plus illustres têtes;
Tu n'as jamais connu ces horribles fléaux
Qui désolent la terre et soulèvent les flots.
Tu ne sais point, hélas! que notre imprévoyance,
Du plus heureux destin prépare l'inconstance;
Que l'homme, en ses désirs par trop d'ardeur pressé,
Du but qu'il veut atteindre est cent fois repoussé;
Que réduit à lutter tout le tems de sa vie
Contre tous ces rivaux que déchaîne l'envie;
Alors qu'il croit saisir l'objet de tous ses vœux,
Le voit s'évanouir et se perdre avec eux.
Et, ton ame charmée, errant avec délices,
Voit les fleurs du chemin, sans voir ses précipices.
Cesse de te livrer à cette illusion;
Mûris ton jugement par la réflexion.
Ce flatteur avenir qui t'offre tant de charmes,
Recèle à ton insu mille sources de larmes.
Il faut les découvrir à tes yeux prévenus,
Et sonder ces écueils qui te sont inconnus.
Il est juste, ô mon fils, qu'ici la voix d'un père
Pour ton propre bonheur et te guide et t'éclaire;
Et que par la raison dirigeant ton essor,
De son expérience il te forme un trésor.

Libres de préjugés, examinons ensemble
Et les biens et les maux que ce monde rassemble;

Avant de t'exposer au milieu des hasards,
Qu'il présente partout à nos faibles regards,
Calculons froidement, encor loin de l'arène,
Quel rôle te convient sur cette vaste scène;
Étudions tes goûts, cédons à ton penchant,
Et sachons dès l'aurore entrevoir le couchant.
Ne nous étonnons point si des nuages sombres,
Viennent sur l'horizon étendre quelques ombres,
Notre gloire sera d'empêcher leur retour;
C'est l'ombre de la nuit qui fait le prix du jour.

Je souris quand je vois que ton esprit s'exerce
A mesurer l'espace où fleurit le commerce.
Mais qui t'a pu guider, et pour fixer ton choix,
De ce contrat sacré qui t'expliqua les lois?
Connais-tu ses dangers, dans quels maux il entraîne?
En comptant ses faveurs, as-tu pesé sa chaîne?
Non, sans doute, à ton âge on se peint tout en beau,
Mais le tems vient souvent rembrunir le tableau.

Sous l'empire affermi d'une loi protectrice,
Avec sécurité, viens, entre dans la lice;
L'homme utile aujourd'hui marche à front découvert,
Et pour lui des honneurs le chemin est ouvert;
Il est passé ce tems où l'orgueil en délire
De l'échope au comptoir, étendait son empire;
Où, froissé, dédaigné, l'utile commerçant,
En butte aux traits jaloux d'un ennemi puissant,
Entendait chaque jour une loi tyrannique
Condamner au mépris notre commerce antique *.

* La loi de dérogeance.

Tout s'ennoblit aux yeux d'un grand législateur ;
D'un préjugé funeste ardent réformateur,
Sur l'équité toujours appuyant sa conduite,
Dans quelque rang qu'il siége, il cherche le mérite.
Le Commerce est enfin devenu libéral !
On ne l'entache plus d'un sentiment vénal.
Ce grand amour du gain, si commun sur la terre,
Ce moteur éternel d'une éternelle guerre,
Qui jadis se cachait sous des noms empruntés,
A dressé ses autels dans toutes nos cités.
Oui, dit le commerçant, comme vous je m'estime,
Comme vous je suis mû par un gain légitime :
Mais loin de le cacher sous un faux attribut,
Noblement je l'avoue et marche vers mon but.
Si l'on me voit partout, fidèle à mes promesses,
Des peuples que je sers convoiter les richesses ;
Où vais-je les semer, si ce n'est sur vos pas ;
Et vous qui m'insultiez, n'en profitiez-vous pas ?
Je ne déroge plus en suivant la carrière
Où le dieu du commerce a planté sa bannière,
Et la philosophie éclairant l'univers,
A fait justice, enfin, de ce honteux travers.
Viens, te dis-je, mon fils, lève hardiment la tête,
A couronner tes vœux la Fortune s'apprête ;
Le moment est propice, et prompts à le saisir
Dans les routes qu'il offre apprenons à choisir.

Le Commerce en tous lieux soumis à tant de chances
Marche entouré d'écueils et de dangers immenses ;
Quand le guerrier succombe au milieu des combats ;

Soudain d'autres guerriers réparent son trépas ;
Les erreurs de Thémis n'ouvrent qu'un seul abîme ;
Esculape à la fois ne fait qu'une victime ;
D'un disciple d'Hermès, jeune présomptueux,
Les fautes vont peser sur mille malheureux ;
Mais tandis qu'on le voit, dans son impatience,
Multiplier des maux qu'évite la prudence,
Souvent on voit aussi de nobles commerçans
Présenter à l'État des secours renaissans ; (1)
Et, sans fouiller bien loin les fastes de l'histoire,
Il en est qui, couverts d'une immortelle gloire,
Sur le trône des rois, un jour se sont assis.
Mon fils ; n'a-t-on pas vu régner les Médicis !!!
Médicis ! à ce nom, quel souvenir illustre
Se rattache au Commerce, et vient doubler son lustre !...
Mais, n'allons pas trop loin ; sachons nous contenter
D'apercevoir leur gloire et de la méditer. (2)

De ces grands commerçans, pour échauffer ton zèle,
Je puis encor, mon fils, t'offrir plus d'un modèle ;
Te le montrer puissant, habile, généreux,
Par de nobles efforts anoblir ses neveux.
Que ne puis-je partout te le montrer de même !
Pourquoi faut-il, hélas ! que, frappé d'anathême,
Il s'offre quelquefois, dégradé, malheureux,
Accablé sous les coups du sort le plus affreux.
Pour lui point de milieu, de chance mitoyenne ;
Quelque riche qu'il soit, quelque rang qu'il obtienne,
Il faut que pour l'honneur sans tache il soit cité,
Ou que dans le néant il soit précipité.

Oui, plus de ses succès la gloire lui tient compte,
Plus alors qu'il échoue, il recueille de honte.
En vain la vérité brillerait sur son front,
La prévention parle et le mépris répond :
On confond à l'envi l'erreur avec le crime,
On lui refuse tout, jusqu'à sa propre estime ;
Sans songer que, parfois, victime des pervers,
L'intègre commerçant éprouve des revers ;
Que, malgré les vertus dont son ame est empreinte,
D'un naufrage lointain la malheureuse atteinte,
Par contrecoups sur lui venant à rejaillir,
Peut le forcer un jour, le dirai-je,... à faillir !
Prompt à le condamner, sans scrupule on l'outrage ;
Dans la foudre qui frappe, on veut voir son ouvrage ;
On travestit en mal ses plus généreux faits,
On l'accuse tout haut d'ambitieux projets ;
Et lui ravissant même une douce espérance,
Soutien des malheureux, trésor de l'innocence,
On l'expose souvent, couvert de son manteau,
Comme un nouveau Socrate à descendre au tombeau.
C'est peu qu'à ses malheurs aucun ne s'intéresse,
Qu'un fatal déshonneur et l'atteigne et le blesse,
Il faut qu'il trouve encor, pour combler ses ennuis,
Dans ses compétiteurs ses plus grands ennemis,
Eux qui, faisant alors un retour sur eux-mêmes
Devraient le consoler dans ses peines extrêmes.
Rien ne leur dit qu'un jour le Destin en courroux,
Ne viendra pas sur eux frapper les mêmes coups.
Ah ! loin de lui prêter une marche suspecte,
Respectons le Commerce afin qu'il se respecte ;

Gardons-nous d'un soupçon qui peut le décrier,
Exaltons-le plutôt que de l'humilier.
Qu'au théâtre surtout les traits de la satire,
Jamais à ses dépens n'excitent notre rire ;
Qu'abjurant l'épigramme et ces méchans bons mots,
Qu'ils lancent au hasard dans l'oreille des sots,
Plus sages désormais, les enfans du Permesse,
Nous peignent son triomphe, et jamais sa faiblesse ;
Ou plutôt qu'en silence, abordant son bazar,
Ils sachent voir en lui la femme de César !
Mais comment ne pas croire à la foi qu'il professe ?
Comment douter encor de sa délicatesse,
Alors que devant lui la loi même fléchit,
Et d'un doute offensant pour jamais l'affranchit !
Alors que pour lui seul sa rigueur adoucie
Avec sa loyauté s'unit et s'associe !
Elle a dit que partout ses registres ouverts,
Seraient les seuls témoins à nos regards offerts.
Quelle profession eut un tel apanage ?
Peut-on rendre au Commerce un plus brillant hommage ?
Seul, il évoquera devant soi ses procès,
Et seul, comme Thémis il rendra ses arrêts.
Hermès ! ton caducée est le sceptre du monde !
Sur la foi, sur l'honneur, ton empire se fonde.

* J'ai presque copié ce vers de Lemière :

« Le trident de Neptune est le sceptre du monde. »

Ce n'est pas ma faute s'il ne pouvait y avoir ici deux manières de rendre la même idée : je laisse au lecteur à décider qui de Lemière ou de moi a dérobé à l'autre.

Quand le glaive de Mars, dans la main des héros,
Nous a couverts de gloire en nous comblant de maux,
Tu viens par tes ſaveurs réparer nos misères;
Tu ſais luire à nos yeux de nouveaux jours prospères,
Et montrant aux guerriers la source des vrais biens,
Tu les rends aux vertus qui font les citoyens.

Le Commerce, mon fils, est le dieu des finances,
Il étend du crédit les ressources immenses :
Le papier dans ses mains se convertit en or
Et vient par son canal enrichir le trésor.
Il est souvent aussi, des peuples de la terre
Le lien le plus ferme et le plus salutaire;
Ennemi du repos, mais ami de la paix,
D'un pôle à l'autre il court répandre ses bienfaits.
Intrépide Argonaute, en son ardeur nautique
Il ira découvrir l'une et l'autre Amérique;
De la Seine à l'Indus, de Pékin à Moscou
Porter et rapporter les trésors du Pérou.
A travers le tumulte et le fléau des guerres,
Il n'aperçoit partout que des hommes, des frères;
Et pour les secourir, affrontant les dangers,
Il devient plus hardi sur des bords étrangers.
Observateur profond, jusques chez les sauvages,
L'habitude, les goûts, les mœurs et les usages,
Offrant à ses calculs de nouveaux alimens,
Motiveront bientôt ses nouveaux armemens;
Il n'ira plus chez eux, fauteur de l'esclavage,
Enlever l'Africain à son brûlant rivage;
Le parquer sur son bord, le traîner sur les mers,

Pour un peu d'or, enfin, le condamner aux fers.
Non, honte aux nations qui, sans pudeur, sans ame,
Se livreraient encore à ce trafic infâme !
Libre, humain, généreux et d'honneur revêtu,
Le Commerce a repris son antique vertu !
Il fut de tous les tems, il est de tous les âges,
Il vit sous tous les cieux, parle tous les langages ;
Enfant de l'Orient, enfant de l'Occident,
De Neptune en courroux, il saisit le trident ;
Il creuse le Pirée, il élève Carthage,
A l'Océan batave il oppose un rivage ;
Il pénètre partout ; et, près du mont Caffa,
Par les mains d'un Français il fait naître Odessa.
Dans ses nobles desseins, son front que rien n'étonne,
Des fruits de l'univers compose sa couronne ;
C'est par lui qu'on a vu l'insulaire Anglican
Et s'asseoir et régner au sein de l'Indoustan.
Le Commerce lui seul, unissant les deux mondes,
Par ses combinaisons et vastes et profondes,
S'alimente de tout, de rien ne s'appauvrit,
Et féconde à jamais le sol qui le nourrit.

A ce brillant tableau, quel feu, quel nouveau zèle,
Vient s'emparer de toi ! dans tes yeux étincelle
Une nouvelle ardeur ; et plein d'un noble orgueil,
Du beau temple d'Hermès, tu cours franchir le seuil !..
Arrête, mon cher fils, et, d'une ame craintive,
Écoute les accens de cette voix plaintive,
Qui dans le sanctuaire exhale vers les cieux,
Les regrets trop tardifs d'un cœur ambitieux.

Ne précipite rien, la sage défiance
Doit prêter son égide à l'inexpérience.

Vois-tu ce néophite, à l'abord pétulant?
Comme son pas devient timide, chancelant!
D'un probable succès, aperçoit-il la source?
Il raffermit sa marche, accélère sa course;
Tour à tour modéré, craintif, entreprenant,
Il observe, étudie, et par lui-même apprend,
Comment concilier la prudence et l'audace,
Maîtriser la fortune et lui fixer sa place,
Prévoir ses changemens et ses caprices vains,
La forcer à sourire à ses plus grands desseins.
Si jeune, pourras-tu suffire à tant de choses,
Des épines ainsi dégager tant de roses?
Mais d'un noble Commerce en te peignant l'attrait,
Je veux du commerçant faire aussi le portrait.
Il n'exigera point les crayons d'un grand maître,
Ma main, ma faible main lui suffira peut-être.
Pour tracer le tableau des plus paisibles mœurs,
Il ne faut qu'un cœur pur et de douces couleurs.

Voyons le commerçant tel qu'il doit nous paraître;
Calculant les hasards, souvent s'en rendant maître,
Et de son cabinet parcourant l'univers,
Franchir par la pensée et les monts et les mers.
En vain d'une famine, ou factice, ou réelle,
Le monopole affreux, dans sa marche cruelle,
S'évertue en secret à vouloir profiter;
Le commerçant, d'un mot, va soudain l'arrêter.

Il commande, et sa voix, seconde Providence,
Au sein de la disette apporte l'abondance.
Les peuples, délivrés d'un fléau destructeur,
Sous la voile marchande ont trouvé leur sauveur.
Dans ces champs écartés, où, fruits de la culture,
Vont rester enfouis ces dons de la nature;
Quel génie attentif leur ouvre un débouché,
Et d'un grain inconnu fait un grain recherché?
L'industrie est oisive, et chôme sans ouvrage!
L'heureux enfant d'Hermès l'anime, l'encourage;
Et bientôt par ses soins recueilli, puis ouvré,
Ce chanvre ira vêtir l'Africain désœuvré!
Jusques dans ses plaisirs, toujours simple et modeste.
L'honnête commerçant fuit un éclat funeste;
Il ne recherche point ces fêtes, ces concerts,
Ces bals, ces jeux bruyans, souvent, hélas! si chers.
Sous son paisible toît, où l'aménité brille,
Il sait de plaisirs purs entourer sa famille;
Il sait, de l'amitié savourant les douceurs,
Légitimer aussi de plus vives ardeurs;
Et l'amour, précurseur d'un hymen desirable,
Vient rajeunir son cœur et s'asseoir à sa table.
Surveillant matinal de ses nombreux bureaux,
Le premier au travail, le dernier au repos,
Rien n'échappe à ses yeux, il prépare : il ordonne,
Et se fait respecter par l'exemple qu'il donne.
Sévère autant que juste, il est affable et bon,
Il oblige à propos, de son or, de son nom.
Éloigné des excès d'un luxe qu'il propage,

S'il lui paie un tribut, il le lui paie en sage.
Il tire son éclat des encouragemens
Qu'il distribue aux arts, au mérite, aux talens;
Prudent et réfléchi, jamais il ne s'engage,
Sans avoir bien pesé les risques, le dommage;
Mais donne-t-il son mot! tous les sceaux de l'État
Ne sont pas plus sacrés que ce simple contrat.
Là, s'il aide à l'essor d'une manufacture,
Ici, sa main soutient l'heureuse agriculture;
La vapeur lui tient lieu de rames, de chevaux; (3)
Un faible enfant, chez lui, tourne mille fuseaux; (4)
Son brasier étonné voit la plante indigène,
Rivaliser les sucs de la canne lointaine;
De l'antique Ibérie élevant les troupeaux,
Il convertit la laine en duvet de chameaux;
Fier des riches couleurs qu'à nos yeux il déploie,
Le papier sur ses murs a remplacé la soie;
Habile nautonnier et moderne Jason,
C'est au Thibet qu'il va conquérir la toison;
Ingénieux gardien de notre subsistance,
Sous la terre il bâtit ses greniers d'abondance;
Il perce des chemins, il ouvre des canaux,
Et ne s'enorgueillit que d'utiles travaux.
Nourricier de l'État, père de l'industrie,
Dévoué sans relâche au bien de sa patrie,
Modéré dans ses vœux, il ne prétend à rien,
Et sait se contenter du nom de citoyen.
S'il monte quelque jour jusqu'à l'Aréopage,
Bientôt on le verra, dans un ferme langage,

Inébranlable appui du monarque et des lois,
Prescrire nos devoirs et proclamer nos droits. (5)

Tel est le commerçant, mon fils ; si tu veux l'être,
Consulte la prudence, et prends l'honneur pour maître.

NOTICES HISTORIQUES.

(1) Jacques Cœur, né à Bourges dans le quinzième siècle, était fils de marchand; il fut un des plus grands armateurs de l'Europe. Ses nombreux vaisseaux, ses immenses richesses et son crédit qui s'étendait partout, firent imaginer dans ce tems de superstition, qu'il avait trouvé la pierre philosophale. Il rendit de grands services au roi Charles VII, qui le fit trésorier de l'épargne, ou, comme on le disait alors, argentier du roi; il fut maître des monnaies de Bourges, et mania toutes les finances du royaume.

Les frères Fugger étaient des négocians d'Augsbourg; on les considérait comme les hommes les plus opulens de l'Allemagne, au point qu'on y est encore dans l'usage de dire : « riche comme un Fugger. » L'empereur Charles-Quint, qui les estimait beaucoup, et qui en avait reçu de grands secours, vint loger chez eux à son retour de Tunis. Pour donner une idée de leur magnificence et de la manière dont ils le reçurent, l'histoire rapporte qu'ils jetèrent dans la cheminée un fagot de canelle (marchandise alors très-précieuse), et qu'ils y mirent devant lui le feu, avec une promesse qu'ils avaient de ce prince pour des sommes très-considérables, le dégageant ainsi noblement d'une dette que l'état de ses affaires ne lui permettait pas alors d'acquitter.

Lorsqu'en 1590, Henri IV se trouvait, comme on le disait, un roi sans argent, sans troupes et sans royaume; et lorsque pour l'aider, Sully eut épuisé toutes ses ressources, en vendant ses bois pour 200,000 fr., qui donna à ce prince la plus grande preuve de confiance, d'amour et de dévouement? si ce n'est la dame Leclerc, veuve d'un tanneur de Lesseville, qui, en lui abandonnant toute sa fortune de 200,000 fr., lui fournit les moyens de payer les Suisses qui refusaient de servir, (car c'est de là qu'est venu le proverbe : point d'argent point de Suisses), et fut ainsi cause qu'il gagna la bataille d'Ivry. (Le marc d'argent valait alors 16 francs.)

Samuel Bernard, né à Paris dans la bourgeoisie, fut, sous Louis XIV, un des plus grands banquiers ou financiers de l'Europe; son nom et son crédit vivifiaient tous les comptoirs du commerce; dans une circonstance pressante et lors de la guerre de la succession, il seconda puissamment les entreprises du monarque, en versant à la caisse de Desmarest, alors contrôleur général des finances, plus de millions qu'on ne lui en avait demandé; il déploya dans diverses occasions une grande fermeté et une grande noblesse d'ame. A sa mort, il laissa plus de 10 millions d'argent prêté, dont 5 millions sans intérêts; les militaires pauvres ou embarrassés avaient souvent recours à lui, et jamais il ne les refusait.

Un sieur Villain, négociant à Gand, rendit de grands services pécuniaires à ce même monarque, pendant les guerres de Flandres. Louis XIV, pour l'en récompenser, lui offrit des lettres de noblesse; mais ce commerçant, plein lui-même d'une véritable noblesse de sentiment, sut honorer le prince dans cette circonstance, en lui demandant pour toute faveur la permission d'ajouter aussi à son nom le mot *quatorze*. Le prince, touché de cette flatteuse demande, la lui accorda sur le champ; et c'est ainsi que l'on voit encore aujourd'hui en Belgique la famille des Villain-Quatorze.

Tout doit nous porter à croire que le grand Colbert, originaire d'Écosse, et qui naquit à Reims, en 1619, n'était point d'une famille étrangère au commerce, car il avait un oncle, négociant à Troyes ; et ce qui tendrait encore à fortifier cette opinion, c'est le zèle avec lequel il s'occupa des manufactures et du commerce.

On sait qu'à l'époque de la guerre de l'indépendance de l'Amérique, le commerce de Bordeaux fit présent à l'État d'un vaisseau de guerre tout armé.

Nous pourrions citer encore une foule de noms qui partout ont honoré la profession du commerce ou de la finance ; tels que les Pâris, les Beaujon, les Laborde, (un de ses fils a péri avec l'infortuné Lapeyrouse), les Gradis, les Pourtalès, et plusieurs de ses successeurs, les Necker, dont sous tant de rapports et quoiqu'on en dise, le nom est à jamais illustré.

(2) Cette première souche des souverains de la Toscane, ce fameux Cosme de Médicis, surnommé le père du peuple et le libérateur de sa patrie, était commerçant. Il a donné un pape à l'Italie et deux reines à la France ; c'est par celles-ci que l'auguste dynastie des Bourbons, qui par son origine participait déjà à tous les genres de gloire et d'illustration, s'est conservée parmi nous pour le bonheur de la France ; elle a prouvé par de telles alliances, cette dynastie, combien elle savait honorer la profession du commerce.

Lorsque l'on peut rassembler sur une seule profession une masse de faits aussi glorieux, comment peut-on se permettre de l'avilir comme on l'a fait dans ce monstrueux Code, qui semblerait nous avoir été dicté par les plus grands ennemis de notre commerce ; puisque, d'après lui, si un de nos grands commerçans, si un nouveau Médicis qui viendrait à paraître, éprouvait des revers, il pourrait être traduit devant le tribunal des escrocs, et assis sur le banc des hommes sans aveu! Louis le Grand, qui n'avait point oublié la Toscane, sut honorer d'une peine capitale toutes les fautes du commerçant.

(3) MM. Perrier frères, sont les premiers qui ont établi chez nous les pompes à feu; et l'on sait que maintenant des machines à vapeur font mouvoir les manèges dans presque tous nos ateliers. Deux jeunes mécaniciens français, sortis de l'école de Châlons, en fabriquent aujourd'hui à St.-Quentin, qui surpassent celles de MM. Perrier, et même celles des Anglais. L'on sait aussi qu'aux États-Unis, c'est le commerce qui a favorisé la construction des bateaux à vapeur, et que les premiers qui ont paru ont navigué pour lui sur la Delaware.

(4) Les mécaniques à filer le coton ont promptement été substituées chez nous à la quenouille et au fuseau, et maintenant le bras d'un faible enfant fait à lui seul l'ouvrage de mille fileurs. Depuis la maison de Richard Lenoir, à Paris, ces mécaniques se sont multipliées au point qu'aujourd'hui, au lieu de faire venir nos indiennes de l'Inde, nous pourrions lui en envoyer. Et l'on ne se doute pas que nous sommes redevables d'un tel bienfait, ainsi que de tant d'autres développemens de notre industrie, à ce fameux traité de commerce de M. de Vergennes, contre lequel on a tant crié.

(5) Satisfait d'avoir signalé autant que je l'ai pu, les choses dans lesquelles plusieurs commerçans de nos jours se sont distingués et se distinguent continuellement, j'espère qu'on pourra facilement les reconnaître, et que je n'aurai pas besoin de nommer ici ni les Ternaux, ni les Delessert, ni les Laffitte,

ni les Perrier, ni les Vassal, ni les Caumartin, ni les Basterrèche, non plus que M. Vital Roux, MM. Pillet-Will, M. Larréguy, qui se sont fait connaître par leurs écrits sur le commerce, ni taut d'autres, enfin, qui relèvent si éminemment leur profession, que leurs contemporains honorent, et que la postérité saura juger.

G. [illegible]LEGRET,

Fondateur de l'École spéciale de Commerce,
établie à Paris, rue St.-Antoine, No. 143.

ÉPITRE

FAMILIÈRE

D'UN PÈRE A SON FILS,

SUR LE COMMERCE,

PAR Mr. G. P. LEGRET,

Fondateur de l'École spéciale de Commerce.

Nous voilà parvenus, mon cher fils, au moment
Où, consultant tes goûts, nous devons mûrement,
Sachant nous défier un peu de ta jeunesse,
Pour choisir un état, juger avec sagesse
Les divers attributs d'une profession,
Et nous bien assurer de ta vocation.
J'ai souvent remarqué que ton esprit s'exerce
Et se plaît à forger des actes de commerce;
Mais qui t'a pu guider? et pour faire un tel choix,
As-tu donc du commerce étudié les loix?
Connais-tu ses dangers, à quels maux il entraîne?
En pesant ses faveurs, as-tu pesé sa chaîne?
Non, sans doute; à ton âge on ne sait voir qu'en beau,
Et c'est le tems qui vient rembrunir le tableau.

Sous le palladium d'une charte octroyée,
Viens, entre dans le monde à voile déployée;
Viens, et dès ce parvis, en juste admirateur,
Saisi d'un saint respect, en saluer l'auteur:
C'est un Bourbon, mon fils! Celui qui nous la donne
A, de ses propres mains, tressé notre couronne;
Animé de l'esprit des Sully, des Colbert,
A tous honneurs, par lui le chemin est ouvert:
On ne déroge plus en suivant la carrière
Où *Colomb*, autrefois, a planté sa bannière.
Tout s'anoblit aux yeux du grand législateur,
Qui, de vains préjugés sage réformateur,
Sur l'équité toujours appuyant sa conduite,
En quel lieu qu'il le trouve, accueille le mérite.
Profite du moment, mon fils; mais sans orgueil,
De trop d'ambition, sache éviter l'écueil.

Le Commerce, en tous lieux, soumis à mille chances,
A, plus qu'un autre état, de graves conséquences.
Quand le guerrier périt au milieu des combats,
Soudain d'autres guerriers réparent son trépas;
Le juge au tribunal n'ouvre qu'un seul abîme;
Le médecin ne fait qu'une seule victime;
Tandis qu'un commerçant ignorant, hasardeux,
Peut faire, d'un seul coup, nombre de malheureux!
Mais de même en un jour, que par son ignorance,
Il aggrave des maux qu'évite la science;
En un seul jour aussi, l'habile commerçant,
Sait répandre les biens d'un génie abondant.
De celui-ci, mon fils, pour échauffer ton zèle,
Je puis à tes regards offrir plus d'un modèle;

Te le montrer puissant, et riche, et généreux;
Par de nobles efforts, anoblir ses neveux.
Que ne puis-je partout te le montrer de même!
Pourquoi faut-il, hélas! que dans un autre extrême,
Je l'offre devant toi dégradé, malheureux,
Accablé sous les coups du sort le plus affreux!
Oui, plus de ses succès la gloire lui tient compte,
Plus, alors qu'il échoue, il recueille de honte!
Prévenus contre lui, naguères ses amis,
Dans ses compétiteurs, il voit des ennemis,
Qui, confondant bientôt l'erreur avec le crime,
Lui retirent l'honneur, la probité, l'estime;
Oubliant que, parfois, dans ses actes divers,
L'intègre commerçant éprouve des revers;
Que malgré les vertus, dont son ame est empreinte,
D'un naufrage imprévu, la malheureuse atteinte,
Par contre-coup, sur lui venant à rejaillir,
Peut le forcer un jour à suspendre, à faillir;
Prompt à le condamner, on l'insulte, on l'outrage;
Dans la foudre qui frappe, on veut voir son ouvrage;
On n'examine plus que s'il eût réussi,
Tout, de près et de loin, prospérerait aussi;
Et lui ravissant même une douce espérance,
Que nourrirait encor sa pure conscience,
On l'expose souvent, couvert de son manteau,
Comme un autre Socrate à descendre au tombeau!
Ah! loin de voir le crime où l'infortune perce,
Afin qu'il se respecte, honorons le Commerce;
Que jamais un soupçon ne plane sur son char;
Qu'il soit, qu'il soit pour nous la femme de César!

Rappelons-nous ces loix, où le coup-d'œil de l'aigle
A voulu l'affranchir de la commune règle,
Et que devant Thémis, ses registres ouverts,
Fussent les seuls témoins à nos regards offerts !
Quelle profession eut plus noble apanage !
A la foi du Commerce est-il plus bel hommage !
Seul, il constatera lui-même tous ses faits,
Et seul il obtiendra des tribunaux exprès !!!
Hermès, ton caducée est un sceptre honorable.
Oui, Dieu, parmi les Dieux tu t'assieds à leur table ;
Et lorsqu'à prix de sang Mars a fait des héros,
Tu viens par tes bienfaits réparer tous ses maux.
Vois cependant, mon fils, l'honneur qu'on lui conteste,
Souvent faire accueillir un préjugé funeste.
On refuse au Commerce un esprit libéral ;
On lui prête, à plaisir, un sentiment vénal ;
On ne veut voir qu'en lui, que dans sa seule sphère,
Ce grand amour du gain, si commun sur la terre,
Qui, mobile secret de plus d'une action,
Se cache sous le nom de noble ambition.
Eh ! bien oui, dirait-il, sans forfaire à l'estime,
Comme vous, je suis mû par un gain légitime ;
Mais loin de le cacher sous un faux attribut,
Noblement je l'avoue, et marche vers mon but.
Si l'on me voit partout, fidèle à mes promesses,
Des peuples que je sers, convoiter les richesses,
Dans mon pays du moins je sais les rapporter,
Et vous qui m'insultez, sachez en profiter.

Voyons le commerçant tel qu'il doit nous paraître,
Calculant les hasards, souvent s'en rendant maître,

Et de son cabinet, parcourant l'univers,
Franchir par la pensée et les monts et les mers.
En vain d'une famine ou factice ou réelle,
Le monopole affreux, dans sa marche cruelle,
S'évertue en secret à vouloir profiter ;
Le commerçant, d'un mot va soudain l'arrêter.
Une lettre de lui, seconde providence,
Au sein de la disette apporte l'abondance ;
Et les peuples, sauvés d'un fléau destructeur,
Ont bien souvent en lui rencontré leur sauveur!
Cette terre, ce champ, où, malgré la culture,
Vont pourrir ignorés ces fruits de la nature,
Le commerçant soudain leur ouvre un débouché,
Et le cultivateur voit son grain recherché !
Ce fabricant languit, il chôme sans ouvrage ;
Le commerçant paraît, l'anime, l'encourage,
Et bientôt par ses soins recueilli, puis ouvré,
Ce chanvre ira vêtir l'Africain désœuvré.
Le Commerce, mon fils, est le Dieu des finances ;
Créant, par son crédit, des ressources immenses,
Le papier, dans ses mains, se convertit en or,
Et vient, par son canal, enrichir le trésor.
Il est, souvent aussi, des peuples de la terre,
Le lien le plus ferme et le plus salutaire ;
Ennemi du repos, mais ami de la paix,
Il court, d'un pôle à l'autre, épandre ses bienfaits ;
Sur des flots inconnus, son courage nautique,
Lui fera découvrir l'Afrique et l'Amérique,
Et, des confins du Nord aux sources de l'*Indus*,
S'attacher des amis et des peuples de plus.

A travers le tumulte et le fléau des guerres,
Il n'aperçoit partout que des hommes, des frères,
Et pour les secourir, affrontant les dangers,
Il devient plus hardi sur des bords étrangers.
Observateur profond, les mœurs et les usages,
L'habitude, les goûts, même chez les sauvages,
A l'industrie offrant de nouveaux alimens,
Motiveront bientôt ses nombreux armemens.
Il fut de tous les tems, il est de tous les âges;
Il vit sous tous les cieux, parle tous les langages;
Enfant de l'Orient, enfant de l'Occident,
De Neptune il saisit le superbe trident;
Il fonde le *Pirée;* il élève Carthage;
A l'Océan Batave il oppose un rivage;
Il pénètre partout, et non loin du *Caffa;*
Sous la main d'un Français, il fait naître *Odessa!*
Dans ses nobles desseins, son front que rien n'étonne,
Des fruits de l'univers se forme une couronne.
C'est par lui qu'on a vu l'insulaire Anglican,
Et s'asseoir, et régner au sein de l'Indostan.
Le Commerce, en un mot, unissant les deux mondes,
Par ses combinaisons et vastes et profondes,
S'alimente de tout, de rien ne s'appauvrit,
Et féconde en effet le sol qui le nourrit.
Mais modeste, mais simple, et surtout honnête homme,
Le commerçant, mon fils, qui veut qu'on le renomme,
Sachant se maintenir dans un sage milieu,
A la critique un jour ne donnera point lieu;
Évitant les excès d'un luxe qu'il propage,
C'est pour vaquer à tout qu'il prend un équipage;

Tout son luxe s'étend aux encouragemens,
Qu'il sait distribuer avec ménagemens,
Favorisant l'essor d'une manufacture,
Il soutient noblement la noble agriculture;
Il ouvre des chemins; il creuse des canaux,
Et ne s'enorgueillit que d'utiles travaux.
Si jamais il parvient jusqu'à l'aréopage,
Le prince est toujours sûr, en lui, de voir un sage,
Et quand, de la tribune, il élève sa voix,
C'est comme ami de l'ordre et comme ami des loix.
Tel est le commerçant, mon fils; si tu veux l'être,
Prends pour guide l'honneur, la prudence pour maître.

FIN.

IMPRIMERIE DE DONDEY-DUPRÉ,
Rue St.-Louis, au Marais, No. 46.

www.ingramcontent.com/pod-product-compliance
Ingram Content Group UK Ltd.
Pitfield, Milton Keynes, MK11 3LW, UK
UKHW022202190726
13855UKWH00004B/1590